W9-AJT-344

A Manuela, Zoe, Stella, Alia, Cristina, Hana, Margherita, Robin, Elia, Lola, May, Matilde, Esti, Isabella, Mili, Mar, Dima, Mayte, Alice, Juana, Coni, Lina, Ellen, María, Giovanna, Mariola, Teddi, Daniela, Ester, Merche, Giulia, Cecilia, Marina, Blu Jeny, Miryam, Emilie, Chela, Tiziana, Rima, Valeria, Sonja y Elena.

Dolores Brown

A Luna, mi Madre, Dani, Astrid, Annerose, Graciela, Maru, Fernanda, Mª Ángeles, Juana Marie, Sandra, Begoña, Rebeca, Sophia, Doris, Eva, Wilma, Uschi, Gabi, Heike, Marion, Susanne, Penelopa, Vroni, Crisztina, Patricia, Ana, Rosi, Robin, a las mujeres de mi familia alemana y argentina y a todas las damas de Barcelona.

Sonja Wimmer

Las princesas más valientes
Colección Egalitè

www.nubeocho.com - info@nubeocho.com

Título original: *The Truly Brave Princesses*
Traducción: Salvador Figueirido
Corrección: Mª del Camino Fuertes Redondo
Revisión: Laura Lecuona

Primera edición: 2018
ISBN: 978-84-17123-37-6
Depósito Legal: M-31269-2017

Impreso en China a través de Asia Pacific Offset,
respetando las normas internacionales del trabajo.

Las PRINCESAS más valientes

Dolores Brown
Sonja Wimmer

Quizás en más de una ocasión
hayas visto **una princesa.**

Quizás no te diste cuenta de que lo era,
porque en ese momento **no llevaba**
su corona puesta.

Pero si **abres bien los ojos**
y el corazón,
descubrirás que existen más princesas
de las que jamás pensaste.

Quizás una vecina,
quizás una compañera del colegio,
quizás la cajera de tu supermercado...
O quizás un día, cuando vayas en el metro,
descubras a una **pequeña princesa.**

Desde hoy,
te darás cuenta de que hay muchas princesas...

Hay una **mucho más cerca**
de lo que piensas.

Nombre: Princesa Anita
Edad: 29 años
Profesión: médica
Le encanta: correr bajo la lluvia y beber chocolate caliente en días de frío.

La **princesa Anita** no suele esperar al príncipe: es él quien la espera muchas noches.

Aunque sus turnos de urgencia en el hospital son agotadores, siempre va a trabajar entusiasmada.

La **princesa Rita** tiene un aparato en los dientes y una bonita sonrisa.

Todos los jueves hace teatro en el colegio y siempre ríe con alegría cuando recibe aplausos.

Nº F 136

Nombre: *Princesa Rita*

Edad: *11 años*

Cuando crezca quiere ser: *actriz*

Le encanta: *ponerse una nariz de clown en la calle y sorprender a la gente.*

Nombre: Princesa Beatriz
Edad: 43 años
Profesión: peluquera
Le encanta: disfrazarse y pasear por el bosque en busca de seres fantásticos.

La **princesa Beatriz** es madre soltera.

Al pequeño Daniel le fascina que su mamá le haga peinados especiales.

Muchos días se convierten en piratas y encuentran grandes tesoros.

Nombre: Princesa Neyla
Edad: 39 años
Profesión: arquitecta
Le encanta:
el submarinismo y hacer fotografías bajo el agua.

La **princesa Neyla** diseña casas y hace realidad los sueños de mucha gente. El príncipe es amo de casa y cuida de los pequeños.

Cuando ella va temprano al trabajo, las despedidas son muy hermosas.

La **princesa Gilda** está soltera.

En su trabajo, siempre regala una cálida sonrisa a cada cliente.

A todo el mundo le gusta pasar por su caja, aunque tengan que esperar.

Nombre: Princesa Gilda
Edad: 53 años
Profesión: empleada en un supermercado
Le encanta: subir por la noche al tejado para cazar estrellas fugaces.

La **princesa Cristina** está orgullosa de tener exactamente 47 pecas. Tiene un ojo vago, pero su puntería es buenísima cuando juega al fútbol.

D
E
Nombre: *Princesa Robin*
Edad: *37 años*
Profesión: bibliotecaria
Le encanta: ir a bailar con sus amigas y las guerras de cojines con sus hijos.

La **princesa Robin** está divorciada. Muchas noches organiza sesiones de cine con sus hijos y amigos en la terraza.

En su tiempo libre escribe novelas. Pronto publicarán su nuevo libro.

Nombre: *Princesa Liang*

Edad: *24 años*

Profesión: *traductora*

Le encanta: *escribir postales coloridas y exóticas a sus amigos y traerles pequeños recuerdos. Colecciona mapas del mundo antiguo.*

La **princesa Liang** habla cuatro idiomas. Le fascina comunicarse en otras lenguas y por eso le gusta tanto viajar.

A veces viaja con sus amigas y a veces con el príncipe.

Nombre: Princesa Alice
Edad: 29 años
Profesión: bloguera y diseñadora gráfica
Le encanta: surfear con el príncipe Samuel y con Max las olas más locas del mundo.

La **princesa Alice** acaba de casarse.
El príncipe Samuel quería pedírselo,
pero ella lo hizo primero.

Nombre: Princesa Dolores
Edad: 14 años
Cuando crezca quiere ser:
cantante
Le encanta: ir al refugio
de perros abandonados y
ayudar con las tareas. Darles
de comer y sacarlos a pasear.
Timo es uno de sus favoritos.

La **princesa Dolores** es muy popular entre sus amigos.

Tiene una voz muy bonita. Cuando toca la guitarra y canta, todos parecen hipnotizados.

La **princesa Luisa** es dentista. No hay ningún niño que vaya a su consulta con miedo. Está casada con la princesa Margarita.

La **princesa Margarita** es cartera. Adora entregar postales de tierras lejanas.

Nombre: Princesa Manuela
Edad: 68 años
Profesión: jubilada
Le encanta: la fotografía.
Su cuenta de Instagram
tiene muchos seguidores.
También le gusta bailar.

La **princesa Manuela** es viuda. Pasa mucho tiempo con sus amigos.

Hace poco ha conocido a un príncipe y salen juntos muchas veces.

La **princesa Carolina** tiene síndrome de Down.

Trabaja en una oficina. En su tiempo libre le gusta jugar al voleibol.

FRIDAY
September
4
24
Nombre: Princesa Carolina
Edad: 23 años
Profesión: asistente de dirección
Le encanta: hacer galletas de chocolate en forma de estrellas y medias lunas para sus amigas y amigos.

La **princesa Catori** nunca se casó. Pero vive con el príncipe y se quieren muchísimo.

Para ella su trabajo es muy importante, le hace feliz ayudar a que el mundo sea un poco más justo.

Nombre: *Princesa Catori*

Edad: *47 años*

Profesión: *abogada*

Le encanta: *probar los postres que hace el príncipe. ¡El tiramisú es su favorito!*

Sug
MAR
FIN
Mascarp

Weather
Nombre: Princesa Esther
Edad: 9 años
Cuando crezca quiere ser: periodista
Le encanta: hacerles entrevistas a sus compañeros y grabar pequeños vídeos.

La **princesa Esther**
no pronuncia bien la erre,
pero ella no tiene miedo
a hablar y es muy buena
contando chistes.

La **princesa Nin** es una heroína. Ha salvado a muchas personas.

Cuando no está trabajando, siempre lleva ropa cómoda, porque le encanta correr, saltar y trepar.

Nombre: *Princesa Nin*

Edad: *24 años*

Profesión: *bombera*

Le encanta: *pasear por las calles sembrando semillas. Sueña con transformar su ciudad en un gran jardín para todos.*

Nombre: *Zoe*
Edad: *27 años*
Profesión: *astronauta*
Le encanta: *sentirse cerca de las estrellas y ver el café flotando por la ausencia de gravedad.*

La **princesa Zoe** ha dejado la corona. Ahora viaja por el espacio...

Ya no quiere ser princesa.